Primera edición: febrero 1992
Undécima edición: febrero 2002

Dirección editorial: María Jesús Gil Iglesias
Colección dirigida por Marinella Terzi
Ilustraciones: Federico Delicado

© Pilar Mateos, 1992
© Ediciones SM
  Joaquín Turina, 39 - 28044 Madrid

Comercializa: CESMA, SA - Aguacate, 43 - 28044 Madrid

ISBN: 84-348-3667-X
Depósito legal: M-1855-2002
Preimpresión: Grafilia, SL
Impreso en España / *Printed in Spain*
Orymu, SA - Ruiz de Alda, 1 - Pinto (Madrid)

> No está permitida la reproducción total o parcial de este libro, ni su tratamiento informático, ni la transmisión de ninguna forma o por cualquier medio, ya sea electrónico, mecánico, por fotocopia, por registro u otros métodos, sin el permiso previo y por escrito de los titulares del *copyright*.

¡Qué desastre de niño!
Pilar Mateos

ediciones SM Joaquín Turina 39   28044 Madrid

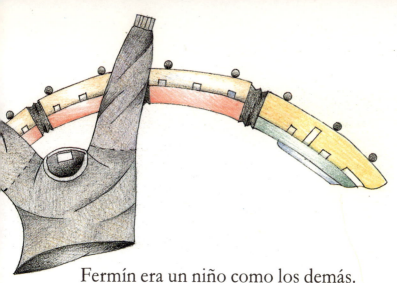

Fermín era un niño como los demás.
Ni más alto que tú,
ni más listo.
Sabía contar chistes,
hacer el pino y dibujar helicópteros.
Pero él tenía un problema
que, seguramente,
no tienes tú.

Y es que lo perdía todo:
el tren eléctrico de su cumpleaños;
su jersey favorito;
una tortuga del tamaño de un melón,
que se llamaba María Rosa,
y cuatro peces de colores
metidos en una pecera.

—¿Se puede saber
qué ha pasado con la pecera?
　—Yo no lo sé.
Estaba aquí.
　Y allí no estaba.
　—¿Y el televisor?
¿Dónde has metido el televisor?
　—Yo no lo he tocado.
　—Sí, señor.
Tú has sido el último.
Estabas viendo una película de risa.
　—Pues se me habrá perdido.
　Lo buscaron en la terraza,
en el cuarto de baño,

debajo del sofá
y en los escondites
que hay detrás de las puertas.
Y no apareció por ninguna parte.
   Con Fermín
siempre pasaban esas cosas.
   Subía el pan
y lo perdía por las escaleras.
   Se ponía las zapatillas
de su hermano Pedro
y volvía a casa descalzo.
   —¿Y mis zapatillas?
   —¡Anda!
Se me han perdido.

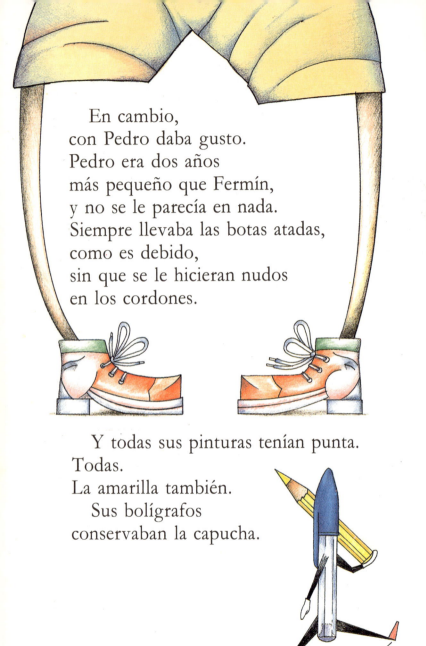

En cambio,
con Pedro daba gusto.
Pedro era dos años
más pequeño que Fermín,
y no se le parecía en nada.
Siempre llevaba las botas atadas,
como es debido,
sin que se le hicieran nudos
en los cordones.

Y todas sus pinturas tenían punta.
Todas.
La amarilla también.
 Sus bolígrafos
conservaban la capucha.

Y, a él, la goma de borrar
no se le partía
en dos trozos.
No se sabe por qué.
   Y era imposible que se le perdiera.
   La tenía guardada
en un compartimento chiquitito
dentro del estuche;
el estuche, dentro de la cartera;
la cartera, dentro de un cajón,
y el cajón,
dentro de un armario.
   A Pedro
nunca jamás se le perdía nada,
y todo el mundo decía
que era un encanto de niño.

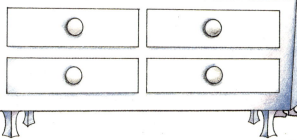

No como Fermín,
que era un desastre.
Y en vez de mejorar,
cada día iba a peor.

Según lo veían crecer,
despacito y a su aire,
sus padres le decían
a todas horas:

—Ya eres mayor.

Para que no perdiera más paraguas,
porque ya había perdido veintisiete.

—Ya eres mayor.

Para que no perdiera más cuadernos,
porque ya había perdido
ciento treinta y uno.

—Ya eres mayor.
Porque el bastón de la abuela
había desaparecido
más de veinte veces.
Siempre el mismo,
por cierto.

Era un bastón
que acababa volviendo solo,
de manera misteriosa,
como si tuviera patas,
o como si no quisiera
separarse de la abuela.

—Ya eres mayor, Fermín.
No pierdas más cosas.

Y Fermín, como si nada.

En un solo día
perdió tres cochecitos nuevos,
una pelota gigante
de cinco colores,
dos libros de cuentos
y las gafas de la abuela.

Se las había puesto
para leer los cuentos.
Y por eso le dolían los ojos.

Y la abuela, sin gafas,
veía muy poco.
Pero no se enfadaba.

—¿Dónde estarán?
–se preguntaba.

—No sé.
Yo las he dejado allí.

Y allí no estaban.

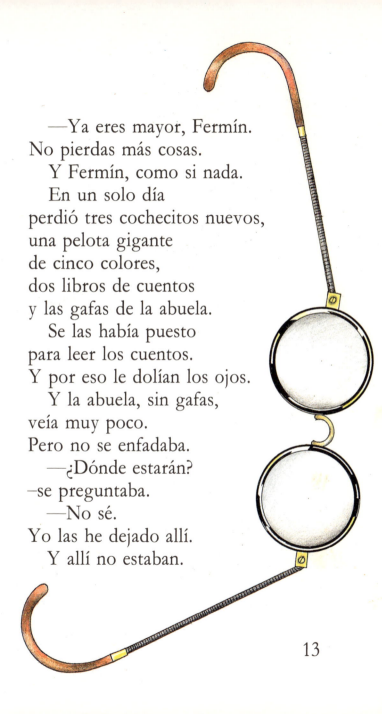

Y eso no fue todo.
Lo más terrible
ocurrió a media tarde.
Poco antes de la salida del colegio.

Cuando fue a llamar
a su amiga Nuria,
Fermín descubrió con asombro
que no podía decir nada.
Ni una sola palabra.

Se había quedado sin voz.

«Ya estamos –pensó–.
Pues se me habrá perdido.»

La había usado por última vez
en el patio,
gritando más fuerte que nadie,
porque los mayores
no les dejaban entrar
en el campo de baloncesto.
Y eso era una injusticia.
Y se lo había pasado muy divertido.

A lo mejor
se la había dejado allí olvidada,
encima de un banco,
como la camiseta azul.

«Iré corriendo
—se dijo a sí mismo—,
no sea que se la lleve el viento.»

Fue a mirar y no estaba.

Y se quedó muy preocupado.
Ahora sí
que la había hecho buena.
Esta vez,
sus padres iban a enfadarse
de veras.

Porque no es lo mismo
perder una camiseta
que perder la voz.

Una camiseta, ahorrando,
puedes comprártela.
Pero una voz, no.
Aunque ahorres.

No podía entrar en una tienda
y pedirle al dependiente:

—Deme una voz suavecita,
por favor, de mi talla;
que cante bien.

—De eso no tenemos
–diría el dependiente.

O todavía peor.
A lo mejor
le vendía una voz campanuda,
altisonante,
como la de ese señor
que habla en la tele.
Y todo el mundo se volvería
a mirarlo por la calle.
Menuda vergüenza.

Fermín se puso colorado
sólo de pensarlo.

Eso sí que no.

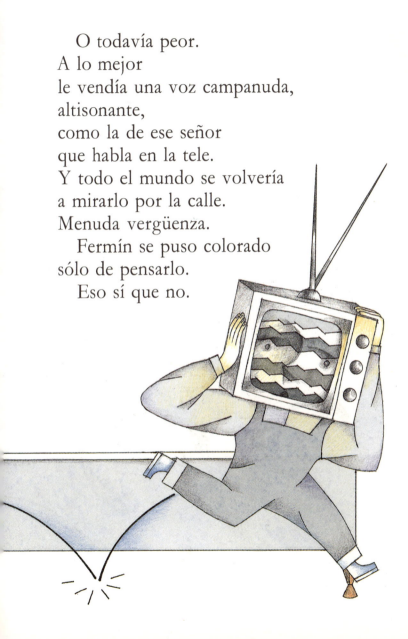

Tenía que encontrar su propia voz
cuanto antes.

Así que se dedicó a buscarla
por todos los rincones del patio,
entre las macetas de pensamientos,
y en el pequeño semillero,
donde los de su curso
habían sembrado patatas
y alubias blancas.
Y en éstas,
cuando estaba mirando
a un lado y a otro,
sin saber hacia dónde tirar,
la oyó, de pronto, saltar
a sus espaldas.

—¡Estoy aquí!
–gritó su voz en tono de burla.
   Fermín se volvió como un rayo
hacia los columpios
y no vio nada.
Se quedó muy quieto,
con la boca abierta.
   —¡Chist! ¡Chist!
–hizo la voz.
   Él avanzó unos pasos
en línea recta,

y volvió a oírla,
pero un poco más a la izquierda,
cerca de los pensamientos.

—¿Adónde vas?

Fermín se quedó parado,
y ni siquiera pestañeaba.
Y la voz empezó a hablarle
muy bajito,
casi en un susurro,
como si hubiera algún enfermo
en el patio.

—Por aquí, por aquí
–le repetía.
 ¿Por dónde?
Entre las macetas no se oía nada.
En las ramas de un árbol
cantaba un pájaro,
uno sólo.
Fermín se dio la vuelta,
confundido.
 —Búscame bien
y me encontrarás.
 Ahora sonaba de nuevo
a sus espaldas.
 —Frío, frío
–iba diciéndole,
como si jugara.

Y lo mismo hablaba muy bajo
que, de repente,
le soltaba un grito:
 —¡Venga, muévete!
 Fermín se acercó al banco.
Hubiera asegurado
que la voz salía de allí debajo.
Pero no.

—Frío, frío
–repetía la tonta de ella.
 Y parecía venir
del campo de baloncesto,
de lo alto,
como si estuviera metida
en una cesta;
de modo
que Fermín se dirigió hacia allá.
 —¡Templado!
–canturreó la voz.
 Tampoco.
En la cesta no estaba.
Sonaba más a la derecha,
ya cerca
de la portería del colegio.
A ver si ahora
se colaba en la portería
y organizaba un lío.

—¡Templado!
—seguía diciéndole.
Qué cosa más rara.
Tan pronto se la oía
en el campo de baloncesto
como se aproximaba
a la portería del colegio.
Fermín no sabía hacia dónde tirar.

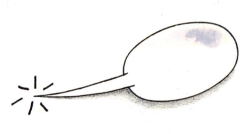

—No das una
—dijo la voz con impaciencia—.
Así es muy aburrido.
¿Vendría de los lavabos?
Fermín echó una carrera
y se paró delante de la puerta.
—¡Caliente!
—exclamó la voz.

Y de golpe se cambió de sitio,
y se echó a reír
junto al pájaro
que estaba cantando.
El pájaro dejó de cantar,
y Fermín se sentó
sobre las raíces del árbol.
　—¿No quieres jugar?
　　Él no contestó.

Esperaba que la voz se cansara
de hacer el tonto
y volviera con su dueño.
Después de todo,
¿qué iba a hacer ella sola
revoloteando por ahí?
Una voz sola
no sirve de gran cosa.

Necesitaba su cabeza para pensar
y su corazón para sentir.
 Una voz suelta es
como si fuera un loro.
No tiene sentido común.
Y por eso hacía esas payasadas.
Resbalar, susurrando,
por el tronco del árbol
y ponerse al lado de Fermín.
 —Vamos a hacer un trato
–le propuso.
 Fermín permaneció atento.
 —Te digo una adivinanza,
y si no la aciertas,
has perdido.
 Y sin más,
empezó a recitar dando voces,
como una loca,
muy de prisa.
 Armó tanto jaleo que Felipe,
el portero del colegio,
se asomó un momento

a ver lo que pasaba.
Y entre unas cosas y otras,
Fermín no se enteró
del acertijo.

—Te lo diré otra vez
—dijo la voz
con ese tono
de los que tienen mucha paciencia.

Y lo repitió en falsete,
poniendo voz de pito:

Sin barco cruza los mares,
sin avión va por el cielo,
se le escucha en todas partes
y contigo habla en secreto.

Ésa era la adivinanza.

Se la dijo
y esperó un segundo.
 —¿Qué es?
 Fermín se quedó callado.
 —¿Lo sabes o no?

Lo sabía,
pero justo en ese momento
no recordaba la respuesta.
Y la tenía en la punta de la lengua.
Eso era lo que más rabia le daba.
 —Lo siento
–dijo la voz–.
Has perdido.
 Se puso a canturrear
una canción en inglés,
y sonaba cada vez más lejos;
hasta que se fue volando
por el tejado.

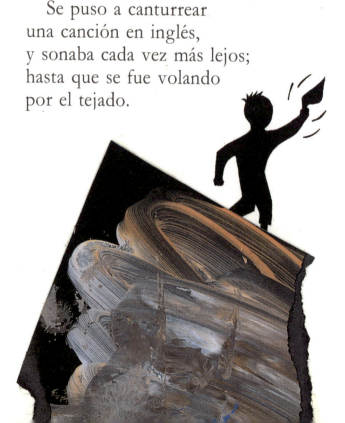

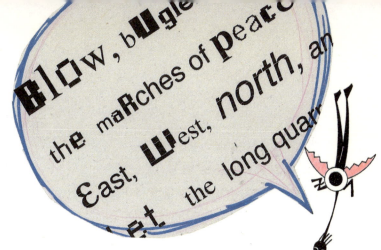

Y Fermín se quedó allí,
sin saber qué hacer.
Entonces
pasaron corriendo sus amigos,
que iban a subir al autobús.
Y lo llamaron.
—¡Corre, Fermín,
que pierdes el autobús!
Porque Fermín era capaz
hasta de perder un autobús.
Durante el trayecto,
Nuria se sentó a su lado,
como siempre,
y le preguntó:
—¿Mañana vienes a mi casa?
Fermín no le contestó.

—Es fiesta
–le recordó Nuria–.
Si quieres, voy yo a la tuya.
Mi padre me da permiso.

Y Fermín no decía
ni que sí ni que no.

Entonces, Nuria se puso de pie
en el asiento.

—¿Estás tonto o qué?
¿Te has enfadado?
¿Qué le pasa a este chico,
que no quiere hablar conmigo?
¡Eh! ¡Vosotros!
¡Que Fermín no me habla!
¡Que no dice nada!

Todo el autobús se enteró
de que Fermín no hablaba.
Todos los viajeros se volvieron
a mirarlo con curiosidad.
Y no dejaron de mirarlo
hasta que llegó a su parada.

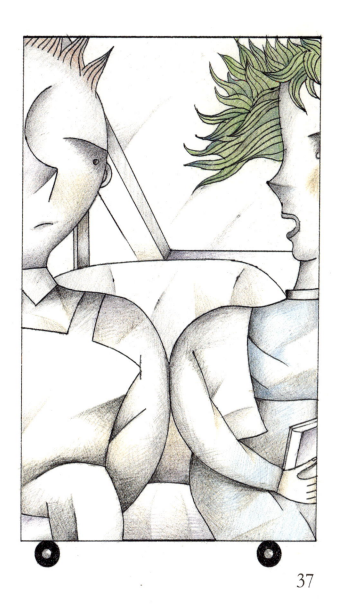

Y al entrar en su casa,
todavía fue peor.

—Fermín,
¿dónde has dejado tu cartera?

—Fermín,
¿has guardado tú
mis tijeras de las uñas?

—Fermín,
no me has devuelto el lápiz
que te presté.

Y Fermín, callado.

—Qué pasa?
–le preguntó su padre–.
¿Te ha comido la lengua el gato?

La abuelita fue la única
que se dio cuenta
de lo que pasaba.

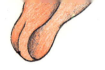

—Has perdido la voz, ¿verdad?
Fermín dijo que sí
con la cabeza.
—No te preocupes.
Ya aparecerá.
La abuelita era así.
Nunca se enfadaba por nada.
—Si quieres,
te presto la mía
–le ofreció.
Pero Fermín no quería
la voz de la abuelita,
porque ya estaba muy usada
y tenía algunos rotos.

Decía palabras antiguas,
que nadie conocía;
trabucaba los nombres
de los futbolistas
y no sabía cantar en inglés.
   Sus amigos se reirían de él
si le oían hablar
con la voz de una abuelita.

Él quería la suya,
que era muy clara
y estaba bastante nueva.
Y servía para dar gritos agudos,
espeluznantes.
Además, a su madre le gustaba mucho
y le hacía gracia.
Siempre comentaba:
«Hablas como los dibujos animados».
Y se reía.

Si no tenía su voz,
Fermín prefería estar callado.

—¡Qué bien!
–dijo su hermano Pedro–.
Como Fermín no habla, hoy no nos
molesta nadie.

Fermín le dio una patada
por debajo de la mesa
y Pedro le contestó con un pisotón.

Pusieron las sillas patas arriba,
volcaron la jarra de agua
y les regañaron a los dos.
Y Fermín no podía explicar
que él no tenía la culpa
y que era Pedro
el que había empezado primero.
—Los dos, a la cama
–dijo su padre.

Fermín se fue a su cuarto.
Leyó un cuento de la bruja Mon
y enseguida se quedó dormido.

A media noche,
cuando todo estaba oscuro
y ya no se veía luz
por la rendija de la puerta,
se despertó de golpe,
sobresaltado.

¡Alguien hablaba en voz alta
en mitad del pasillo!

Fermín se sentó en la cama
y reconoció, con espanto,
su propia voz
parloteando sola,
como una cotorra.

—Es una adivinanza muy fácil
–decía haciéndose la lista–.
Se le escucha en todas partes
y contigo habla en secreto.
Pues es el teléfono.
No puede ser más fácil.

Y así seguía,
hablando de sus cosas,
como si fueran horas
de armar barullo.
Para colmo de males,
empezó a cantar una canción cómica
que tenía palabras prohibidas,
de esas que no pueden decirse
delante de los mayores.

Y de repente
se puso a dar voces,
sin venir a cuento.
   —¡Mañana quiero ir
al parque de atracciones!
–gritaba como una loca–.
¡Y quiero desayunar
chocolate con churros!
   ¡Iba a despertar a toda la casa!
De lo asustado que estaba,
Fermín no se atrevía a moverse,
ni a respirar casi.

Como tenía que suceder,
al punto apareció su madre,
un poco alarmada.

—¿Qué quieres, hijo?
¿Estabas soñando?
¿Qué decías del desayuno?

Y Fermín no podía explicarle
que él no había dicho nada.

Su madre le dio un beso
y le remetió la sábana
bajo el colchón.

—Anda, duérmete.

Pero esa noche
no había manera de dormir.
Apenas se habían tranquilizado,
cuando la voz ya estaba de nuevo
con sus quejas,
atronando en el pasillo.

—¡A mí nadie me quiere!
–gritaba–.
En esta casa
no hacen más que reñirme
porque lo pierdo todo.

Al único que quieren es a Pedro,
porque él no pierde nada.
Y el bastón de la abuela
ha aparecido veinte veces.
¡No estaba perdido!
¡Me han regañado veinte veces
sin ningún motivo!
¡Hip, hip!

Y ella sola,
por su cuenta,
se puso a llorar a gritos,
con mucha pena.

Entonces vinieron todos.
Papá, mamá, la abuela y Pedro.
La voz se quedó callada
y Fermín también.
Todos los demás
hablaban al mismo tiempo,
muy cariñosos.
—Pero
¿qué dices, hijo?
  —¿Qué te pasa a ti, mi vida?
  —¿Qué es eso de que no te
queremos?

—Yo no he hecho nada
–decía Pedro,
muy apurado.
  Y la abuela:
  —Pobre Fermín...
Qué culpa tendrá él
de que las cosas se pierdan.
Las cosas siempre
se pierden solas.
  El único que no decía nada
era Fermín.

Entonces,
su madre le trajo un vaso de agua
y le preguntó:
—¿Me quedo un ratito contigo?
Y se quedó.
A la mañana siguiente,
cuando Fermín se despertó,
ella ya no estaba allí.
Había bajado a la churrería.
Y Fermín desayunó
chocolate con churros,
como un rey.
Cuando estaba a punto de terminar,
su padre se le acercó
y le acarició la cabeza.

No dijo nada
de que le hubiera perdido su llavero
con todas las llaves:
la de la moto,
la del portal,
la de la oficina.
 No hizo ningún comentario sobre eso.
Sólo dijo:
 —Venga, chaval,
date prisa,
que nos vamos
al parque de atracciones.

Y la voz de Fermín,
que andaba por allí
un poco adormilada,
se espabiló de repente.
   —¡Al parque de atracciones!
¡Bien!
¡Me montaré en los caballitos,
en la noria gigante
y en los coches de carreras!
   La voz salía directamente
de la taza del desayuno.
Antes de que pudiera escaparse,
Fermín la tapó con la mano
y, sin darle tiempo a rechistar,
se bebió todo el chocolate
de un tirón,
con ella dentro.
   La voz le revoloteó un instante
en la garganta,

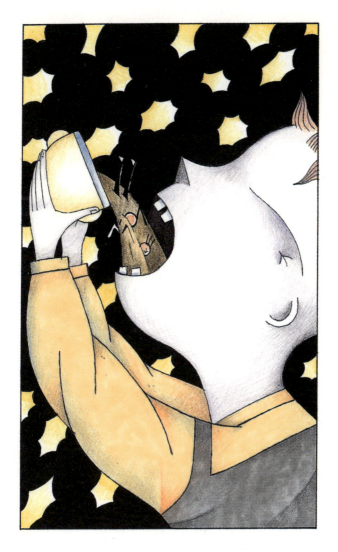

como una mariposa
sorprendida en la red.
Enseguida se acomodó en su sitio,
sin más tropiezo,
y se dispuso a esperar
las órdenes de su dueño.
　—Vámonos corriendo
–le dijo Fermín a su padre.
　Fue un día maravilloso.
Superdivertido.
Y Fermín puso tanta atención
que apenas perdió gran cosa:
una cazadora vieja
y las llaves de repuesto
de su padre:
la de la moto,
la del portal,
la de la oficina.
Nada de importancia.

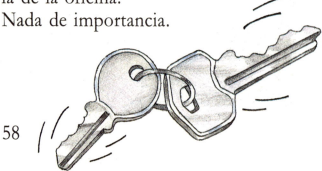

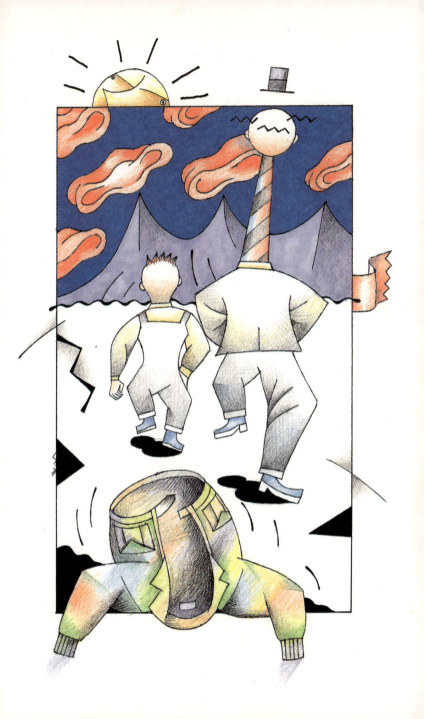

EL BARCO DE VAPOR

SERIE BLANCA (primeros lectores)

1 / Pilar Molina Llorente, **Patatita**
2 / Elisabeth Heck, **Miguel y el dragón**
4 / Tilman Röhrig, **Cuando Tina berrea**
5 / Mira Lobe, **El fantasma de palacio**
6 / Carmen de Posadas, **Kiwi**
7 / Consuelo Armijo, **El mono imitamonos**
8 / Carmen Vázquez-Vigo, **El muñeco de don Bepo**
9 / Pilar Mateos, **La bruja Mon**
10 / Irina Korschunow, **Yaga y el hombrecillo de la flauta**
11 / Mira Lobe, **Berni**
12 / Gianni Rodari, **Los enanos de Mantua**
13 / Mercè Company, **La historia de Ernesto**
14 / Carmen Vázquez-Vigo, **La fuerza de la gacela**
15 / Alfredo Gómez Cerdá, **Macaco y Antón**
16 / Carlos Murciano, **Los habitantes de Llano Lejano**
17 / Carmen de Posadas, **Hipo canta**
18 / Dimiter Inkiow, **Matrioska**
19 / Pilar Mateos, **Quisicosas**
20 / Ursula Wölfel, **El jajilé azul**
21 / Alfredo Gómez Cerdá, **Jorge y el capitán**
22 / Concha López Narváez, **Amigo de palo**
23 / Ruth Rocha, **Una historia con mil monos**
24 / Ruth Rocha, **El gato Borba**
25 / Mira Lobe, **Abracadabra, pata de cabra**
26 / Consuelo Armijo, **¡Piiii!**
27 / Ana María Machado, **Camilón, comilón**
28 / M. Beltrán/T. M. Boada/R. Burgada, **¡Qué jaleo!**
29 / Gemma Lienas, **Querer la Luna**
30 / Joles Sennell, **La rosa de san Jorge**
31 / Eveline Hasler, **El cerdito Lolo**
32 / Otfried Preussler, **Agustina la payasa**
33 / Carmen Vázquez-Vigo, **¡Voy volando!**
34 / Mira Lobe, **El lazo rojo**
35 / Ana María Machado, **Un montón de unicornios**
36 / Ricardo Alcántara, **Gustavo y los miedos**
37 / Gloria Cecilia Díaz, **La bruja de la montaña**
38 / Georg Bydlinski, **El dragón color frambuesa**
39 / Joma, **Un viaje fantástico**
40 / Paloma Bordons, **La señorita Pepota**
41 / Xan López Domínguez, **La gallina Churra**
42 / Manuel L. Alonso, **Pilindrajos**
43 / Isabel Córdova, **Pirulí**
44 / Graciela Montes, **Cuatro calles y un problema**
45 / Ana María Machado, **Abuelita aventurera**
46 / Pilar Mateos, **¡Qué desastre de niño!**
47 / Barbara Brenner y William H. Hooks, **El León y el Cordero**
48 / Antón Cortizas, **El lápiz de Rosalía**
49 / Christine Nöstlinger, **Ana está furiosa**
50 / Manuel L. Alonso, **Papá ya no vive con nosotros**
51 / Juan Farias, **Las cosas de Pablo**
52 / Graciela Montes, **Valentín se parece a...**
53 / Ann Jungman, **La Cenicienta rebelde**
54 / Maria Vago, **La cabra cantante**
55 / Ricardo Alcántara, **El muro de piedra**
56 / Rafael Estrada, **El rey Solito**
57 / Paloma Bordons, **Quiero ser famosa**
58 / Lucía Baquedano, **¡Pobre Antonieta!**
59 / Dimiter Inkiow, **El perro y la pulga**
60 / Gabriella Kesselman, **Si tienes un papá mago**
61 / Rafik Schami, **La sonrisa de la luna**
62 / María Victoria Moreno, **¿Sopitas con canela?**
63 / Xosé Cermeño, **Nieve, renieve, requetenieve**
64 / Sergio Lairla, **El charco del príncipe Andreas**
65 / Ana María Machado, **El domador de monstruos**
66 / Patxi Zubizarreta, **Soy el monstoo...**
67 / Gabriela Keselman, **Nadie quiere jugar conmigo**
68 / Wolf Harranth, **Concierto de flauta**
69 / Gonzalo Moure, **Nacho Chichones**

EL BARCO DE VAPOR

SERIE AZUL (a partir de 7 años)

1 / *Consuelo Armijo*, **El Pampinoplas**
2 / *Carmen Vázquez-Vigo*, **Caramelos de menta**
3 / *Montserrat del Amo y Gili*, **Rastro de Dios**
4 / *Consuelo Armijo*, **Aniceto, el vencecanguelos**
5 / *María Puncel*, **Abuelita Opalina**
6 / *Pilar Mateos*, **Historias de Ninguno**
7 / *René Escudié*, **Gran-Lobo-Salvaje**
8 / *Jean-François Bladé*, **Diez cuentos de lobos**
9 / *J. A. de Laiglesia*, **Mariquilla la Pelá y otros cuentos**
10 / *Pilar Mateos*, **Jeruso quiere ser gente**
11 / *María Puncel*, **Un duende a rayas**
12 / *Patricia Barbadillo*, **Rabicún**
13 / *Fernando Lalana*, **El secreto de la arboleda**
14 / *Joan Aiken*, **El gato Mog**
15 / *Mira Lobe*, **Ingo y Drago**
16 / *Mira Lobe*, **El rey Túnix**
17 / *Pilar Mateos*, **Molinete**
18 / *Janosch*, **Juan Chorlito y el indio invisible**
19 / *Christine Nöstlinger*, **Querida Susi, querido Paul**
20 / *Carmen Vázquez-Vigo*, **Por arte de magia**
21 / *Christine Nöstlinger*, **Historias de Franz**
22 / *Irina Korschunow*, **Peluso**
23 / *Christine Nöstlinger*, **Querida abuela... Tu Susi**
24 / *Irina Korschunow*, **El dragón de Jano**
25 / *Derek Sampson*, **Gruñón y el mamut peludo**
26 / *Gabriele Heiser*, **Jacobo no es un pobre diablo**
27 / *Klaus Kordon*, **La moneda de cinco marcos**
28 / *Mercè Company*, **La reina calva**
29 / *Russell E. Erickson*, **El detective Warton**
30 / *Derek Sampson*, **Más aventuras de Gruñón y el mamut peludo**
31 / *Elena O'Callaghan i Duch*, **Perrerías de un gato**
32 / *Barbara Haupt*, **El abuelo Jakob**
33 / *Klaus-Peter Wolf*, **Lili, Diango y el sheriff**
34 / *Jürgen Banscherus*, **El ratón viajero**
35 / *Paul Fournel*, **Supergato**
36 / *Jordi Sierra i Fabra*, **La fábrica de nubes**
37 / *Ursel Scheffler*, **Tintof, el monstruo de la tinta**
38 / *Irina Korschunow*, **Los babuchos de pelo verde**
39 / *Manuel L. Alonso*, **La tienda mágica**
40 / *Paloma Bordons*, **Mico**
41 / *Haze Townson*, **La fiesta de Víctor**
42 / *Christine Nöstlinger*, **Catarro a la pimienta (y otras historias de Franz)**
43 / *Klaus-Peter Wolf*, **No podéis hacer esto conmigo**
44 / *Christine Nöstlinger*, **Mini va al colegio**
45 / *Laura Beáumont*, **Jim Glotón**
46 / *Anke de Vries*, **Un ladrón debajo de la cama**
47 / *Christine Nöstlinger*, **Mini y el gato**
48 / *Ulf Stark*, **Cuando se estropeó la lavadora**
49 / *David A. Adler*, **El misterio de la casa encantada**
50 / *Andrew Matthews*, **Ringo y el vikingo**
51 / *Christine Nöstlinger*, **Mini va a la playa**
52 / *Mira Lobe*, **Más aventuras del fantasma de palacio**
53 / *Alfredo Gómez Cerdá*, **Amalia, Amelia y Emilia**
54 / *Erwin Moser*, **Los ratones del desierto**
55 / *Christine Nöstlinger*, **Mini en carnaval**
56 / *Miguel Ángel Mendo*, **Blink lo lía todo**
57 / *Carmen Vázquez-Vigo*, **Gafitas**
58 / *Santiago García-Clairac*, **Maxi el aventurero**
59 / *Dick King-Smith*, **¡Jorge habla!**
60 / *José Luis Olaizola*, **La flaca y el gordo**
61 / *Christine Nöstlinger*, **¡Mini es la mejor!**
62 / *Burny Bos*, **¡Sonría, por favor!**
63 / *Rindert Kromhout*, **El oso pirata**
64 / *Christine Nöstlinger*, **Mini, ama de casa**
65 / *Christine Nöstlinger*, **Mini va a esquiar**
66 / *Christine Nöstlinger*, **Mini y su nuevo abuelo**
67 / *Ulf Stark*, **¿Sabes silbar, Johanna?**
68 / *Enrique Páez*, **Renata y el mago Pintón**
69 / *Jürgen Bauscherus*, **Kiatoski y el robo de los chicles**
70 / *Jurij Brezan*, **El gato Mikos**
71 / *Michael Ende*, **La sopera y el cazo**
72 / *Jürgen Bauscherus*, **Kiatoski y la desaparición de los patines**
73 / *Christine Nöstlinger*, **Mini detective**
74 / *Emili Teixidor*, **La mejor amiga de la hormiga Miga**
75 / *Joel Franz Rosell*, **Vuela Ertico, vuela**
76 / *Jürgen Bauscherus*, **Kiatoski y el tiovivo**
77 / *Ulf Nilsson*, **¡Cuidado con los elefantes!**